ODE PINDARIQVE
A MONSEIGNEVR
LE PRINCE DE CONDE'.

Sur son heureux retour de Flandres.

A PARIS,

Par IEAN SARRA, rue S. Iean
de Beauuais, vis-à-vis des Es-
choles de Decret.

1610.

ODE PINDARIQVE
A MONSEIGNEVR
LE PRINCE DE CONDE'.

Sur son heureux retour de Flandres.

STROPHE I.

EVPLE *troublé d'alarmes*
A l'horreur d'vn trespas ,
En vain coulent tes larmes,
Les pleurs n'animent pas
Ceux dont la destinee
La vie a terminee :
Cesse de lamenter
De ton ROY *la fortune ,*
Et de voix importune
Ses Manes tourmenter.
Son ame bien-heuree
De te voir asseuree ,
Qui n'eut que ton repos
Pour but de sa pensee,

A ij

Dans le Ciel eslancee
Se mocque d'Atropos:
Faicte estoille nuictale,
Dont le feu desormais
D'vne torche fatale
Te bien-heure à iamais.

Antistrophe.

La source Aganippide,
Et les antres secrets
De la croupe Aönide,
Sont pleins de ces regrets;
Leur onde ne distile
Autre humeur plus fertile;
Des lauriers tousiours verts
Le sommet ne recite
Quand le vent les incite
Que le son de ces vers.
Et ma Muse adeulee
D'vne voix desolee
Tesmoignant sa douleur,
En ses plaintes funebres
Suiuit les voix celebres
Qui pleuroient ce malheur.
Si ma plume lassee
Ne m'a si haut monté,
Elle fut bien poussee

De mesme volonté :
Epode.

Pour le moins ie me vante
Que la troupe sçauante
Des Castalides Sœurs
Sur ma langue sacree
De sa bouche sucree
A versé les douceurs ;
Pour me faire nouice
Conceuoir l'artifice
Des chantres, qui iadis
S'eslancerent hardis
Dans la campaigne vuide,
Au chemin escarté
Ie prens l'Antiquité
Pour me seruir de guide.

Strophe 11.

Ie ne veux en la plaine
Voir courir furieux,
Et saccager la peine
Du soc laborieux
Le torrent des riuieres
Gros d'humeurs printanieres :
Aussi ne veux-ie point
Voir les plantes blessees
Des hayes herissees

D'espine qui les point :
Mais mon œil se contente
D'vne eau claire, & florÀte,
Qui d'vn pied diligent
Flatant de son murmure
Le rocher qui l'emmure
Roule vn sable d'argent :
I'aime dans la prairie,
Esloigné des buissons,
Fouler l'herbe fleurie
Au son de mes chansons.

Antistrophe.

Doncques, si ton oreille,
Prince, daigne choisir
La muse non pareille
Qui vise à ton loisir,
Et les fruits d'vne estude
Nourrie en solitude,
Ie voüe à ton autel
Les outilz de memoire,
Pour celebrer la gloire
De ton nom immortel.
Tout le bien où i'aspire,
Tout ce que ie respire
C'est de te contenter :
Vian, ò Prince honorable,

Vien m'estre fauorable,
Et m'escoute chanter.
Ie n'ay chose plus grande
A te faire vn present
Que ma Muse en offrāde,
Si le don t'est plaisant.

Epode.

Les chansons delectables
Resiouissent les tables
Des hommes & des Dieux,
Et font leur renommee
D'âge en âge estimee
Passer aux siecles vieux.
Quand vn grand Prince accorde
Les fredons de leur corde;
Sans les frōts des guerriers
Fanissent nos lauriers:
Et ma lyre tendue
Par faute de secours
Dans les Royales cours
Ne fut onc entendue.

Strophe III.

Sus donc, musicienne
Lyre, sus donc auant;
Ta corde Dorienne
Sonne mieux que deuant

Les accords qu'elle pousse
Sous les coups de mõ poulce,
Pour commencer l'honneur
Sur tes nerfs que ie pinse
Du retour de mon Prince,
Dont ie suis le sonneur.
O race bien voulue
Du Ciel, ie te salue :
Car le Ciel qui tonna
Au poinct de ta naissance
De ta rare excellence
Le presage donna.
France, qui n'est deceue
De ce bon heur promis,
Voit ta grandeur receue
Entre les bras amis

Antistrophe.

Du ROY de qui l'enfance
S'attend à ton secours,
Et qui de sa deffense
Fonde en toy le recours.
Vien, grand Prince, & contente
L'espoir de son attente,
Vien, Prince desiré
De tous les vœux de France;
Vien, la chere esperance

De son bien adiré:
Vien reparer sa perte
De ta faueur experte,
Vien sa douce clarté,
Vien la rendre esclairee
De la grace adoree
De ton œil absenté.
Elle qui te regrette
D'vne mesme façon,
Qu'vne mere tendrette
Plore son nourriçon :

Epode.

Que la face blesmie
De la Parque ennemie
Du trespas menaçoit :
Et plus d'aise rauie
Pasme en voyant sa vie,
Qui la santé reçoit.
France ainsi desolee
Vit ores consolee
De ieuir à son tour
De ton heureux retour.
De ioye elle est pasmee
Quand ton œil eclipsé
Sur elle a relancé
Sa grace accoustumee.

Strophe. IIII.

La Françoise noblesse
Qui te court au deuant,
Tesmoigne l'alaigresse
Qu'elle en va receuant ;
Les chemins en noircissent,
Les rues s'estressissent
Sous le peuple diuers,
Qui vient la teste nue
Saluër ta venue :
Les champs en sont couuerts,
Les filles & les meres,
Les enfans & les peres
En longs cheueux grisons
Aux fenestres s'auancent,
Les plus dispos se lancent
Aux festes des maisons :
Et chacun d'eux ennoye
Vn cri, qui s'accordant
Pousse vn Io de ioye
Dans le Ciel respondant.

Antistrophe.

Le Ciel, qui ton absence
Ploroit incessamment,
Ioyeux de ta presence
Rit ores gayement ;

Et la terre esmaillee
Richement habillee
De ses dons precieux,
Sous le chaud qu'elle endure
Repare la verdure
Du Printemps gracieux.
Mais la plaine Flamande,
A qui France demande
Son depost si cheri,
Se fanit despourueue
De l'agreable veue
De ce thresor fleury.
Pardonne moy, Bataue,
Si ie te vay disant
Qu'à vn Prince si braue
Ton air n'est pas duisant;

Epode.

Premier prince de France,
Conceu de la semence
De tant de Demidieux,
Dont la trame acheuee
A la gloire éleuee
De son nom iusqu'aux Cieux:
Luy qui dés sa ieunesse
D'vne heureuse promesse
Porte au front apparens

B iĳ

Les traits de ses parents.
Toute pleine est la terre
De leurs faits glorieux,
Ayans victorieux
Mis à fin mainte guerre.

Strophe v.

LOYS, ce grand ancestre,
Tige de qui son sang
Tira le premier estre,
L'appelle or' à son rang,
Pour reparer la perte
En Affrique soufferte,
Quand ce genereux Roy
Quitta mort à la peste
Sa dépouille funeste,
Son est au desarroy.
Il te faut là, mon Prince,
En si riche province
Sainctement voyager,
Et prenant sa querelle
Gaigner sur l'Infidelle
Ce Royaume estranger.
Tousiours par la campagne
Sur ton chef volera
La Victoire compaigne,
Quelque part qu'il ira.

Antistrophe.

Les palmes Idumees
Desia courbent en rond
Leurs superbes ramees,
Pour l'honneur de ton front.
Ces faueurs attendues
A vn François sont deues;
Car l'Oracle promet
A l'Aurore affranchie
Que nostre Monarchie
Destruira Mahomet.
Et Dieu par ton courage
T'a fait cest aduantage,
Prince bien fortuné,
Vangeant sous ton espee
La Prouince occupee,
Où Iesus Christ fut né.
Tandis ie feray bruire,
Plus haut que tes clairons,
Le doux son de ma Lyre
Suiuant tes auirons.

Epode.

Ces guerres seront faictes
Au gré des voix Prophetes,
Quand le temps s'aduiendra
Qui aux sias destinees

Conduit les choses nees,
Et que Dieu le voudra.
Tout le monde en espere
Bien tost l'heure prospere :
Toy, Prince en ce pendant
Que tous vont l'attendant,
Oy ta France éploree
Qui les deux bras te tend,
Et le soulas attend
De ta main desiree.